MW00907421

Les éditions la courte échelle
Montréal • Toronto • Paris

Bertrand Gauthier

Né le 3 mars 1945 à Montréal, Bertrand Gauthier est le fondateur des éditions La courte échelle. Il a publié plusieurs livres pour enfants: *Étoilfilan, Hou Ilva, Dou Ilvien* et *Hébert Luée* qui a gagné le prix du Conseil des Arts en 1980. Par la suite, il a écrit *Un jour d'été à Fleurdepeau* et *Zunik* pour lequel il a gagné le prix belgo-québécois (meilleur livre pour enfants publié au cours des dix dernières années au Québec). Chez Libre Expression, il a publié deux romans pour adultes: *Les amantures* (1982) et *Le Beau Rôle* (1984).

Son projet immédiat? Continuer à écrire.

Gérard Frischeteau

Né le 2 septembre 1943, Gérard Frischeteau a illustré plusieurs livres sur les animaux et conçu de nombreuses affiches: prévention du cancer, hébergement olympique, produits laitiers, écologie, etc. Il a aussi réalisé quelques films d'animation (commerciaux pour la télévision et courts métrages à contenu éducatif). Gérard Frischeteau collabore également au magazine *L'Actualité*.

Sinon, il aime les chats... et les promenades en canot, par un beau jour d'été, pour le plaisir de se sentir bien.

Les éditions la courte échelle inc.
5243, boul. Saint-Laurent
Montréal (Québec) H2T 1S4

Conception graphique:
Derome design inc.

Dépôt légal, 1er trimestre 1987
Bibliothèque nationale du Québec

Données de catalogage avant publication (Canada)

Gauthier, Bertrand, 1945-

   Le journal intime d'Ani Croche

   (Roman Jeunesse ; 8)
   Pour les jeunes.

   ISBN 2-89021-062-6

   I. Frischeteau, Gérard, 1943-   . II. Titre. III. Collection.

PS8563.A847J69 1988   jC843'.54   C87-003446-4
PS9563.A847J69 1988
PZ23.G39Jo 1988

Bertrand Gauthier

LE JOURNAL INTIME D'ANI CROCHE

Illustrations
de Gérard Frischeteau

Le 20 octobre

Chère Olivia,

Depuis toujours, tu es ma poupée chérie. Aujourd'hui, j'ai besoin de toi. Je
dois raconter ma révolte à quelqu'un. Je
t'écris, Olivia, parce que je suis indignée.
J'ai confiance en toi et je sais que je peux
te confier mes pensées les plus secrètes.
Tu es la plus discrète de mes amies.

Sur cette planète, Olivia, c'est partout
et toujours l'injustice. En affirmant cela,
je n'exagère même pas. Les gens ne cher-
chent pas à se comprendre, à s'aimer.
Non, les plus forts déclenchent sans cesse

les batailles et les guerres. Ils ne veulent rien comprendre. La seule chose qui les intéresse vraiment, c'est de gagner. Toujours gagner.

Tu ne me crois pas, Olivia? Tu penses que je dramatise? Ah, tu veux un exemple? Eh bien, je vais t'en donner un. Et tout de suite à part ça. C'est arrivé la semaine dernière. Tu vas voir qu'il y a de quoi se révolter.

À l'école, il y a un gymnase. Depuis le début de l'année, ce sont seulement les garçons qui l'utilisent. Tu sais bien, toi, Olivia, comme je suis sportive. J'aurais aimé pouvoir utiliser le gymnase une semaine sur trois. J'en ai parlé à d'autres filles de l'école qui aiment aussi le sport. Elles ont trouvé l'idée excellente.

D'un commun accord, nous avons décidé d'aller en discuter avec les garçons. Ils n'ont même pas voulu entendre notre proposition. Pour eux, c'est simple, le gymnase leur appartient. Pas question de le partager, et encore moins avec des filles. Ils ont même tenté de nous intimider en nous criant toutes sortes d'injures. Pauvres petits minables!

Imagine: une semaine sur trois pour

nous et ils trouvent que ce n'est pas juste. Pour eux, la justice, ce serait qu'on s'efface entièrement du décor. Il n'était pas question de céder à leurs pressions. On devait défendre nos droits. Il y a quand même des limites à laisser les autres abuser de soi.

On s'est rendu chez le directeur pour lui expliquer notre point de vue. Sans trop de difficultés, on a gagné la permission d'utiliser le gymnase une semaine sur trois. En apprenant cela, les gars ont aussitôt réagi. Tu ne devineras jamais, Olivia, ce qu'ils ont fait, ces sales petits morveux.

Le jour même, dans la cour d'école, des grands de sixième ont attendu Myriam et l'ont battue. Oui, oui, tu m'entends bien. Elle s'est retrouvée, la pauvre Myriam, avec un oeil au beurre noir et un gros bleu sur la cuisse. À douze ans, les gars jouent déjà les gros machos. Ça promet.

Ces chers grands garçons de sixième année se croient supérieurs aux filles. Ils refusent complètement l'idée de l'égalité entre les deux sexes. Ils sont vraiment vieux jeu: ils ne se rendent pas compte qu'on ne vit plus à l'âge des cavernes. Dommage pour eux!

Ça m'a fait de la peine que ces minables petits machos s'attaquent ainsi à Myriam. Je la considère comme ma jeune soeur. Même si nous sommes du même âge, j'ai l'air d'une adolescente à ses côtés. À l'avenir, je vais la protéger. J'ai des poings, moi aussi, et je vais m'en servir, s'il le faut.

En tout cas, rendue au secondaire, j'ai bien l'intention de me choisir un ami qui ne sera pas macho pour deux sous. Et qui sera très beau. D'une beauté rare et d'une douceur exceptionnelle: c'est ainsi que je le veux. Je suis sûre de trouver le garçon qu'il me faut.

En attendant le grand jour, je prends mon mal en patience. Et puis, Olivia, il y a autre chose qui m'a fait de la peine ces derniers temps. Mais c'est plus délicat à raconter. Ça touche mon intimité. Je vais t'en parler, mais seulement si tu me promets de ne pas rire de moi. J'ai peur d'être ridicule. Alors jure-moi de ne pas trouver ça drôle. Bon, ça va, je te crois.

C'est à propos de Simon.

Quand il est déménagé, en juillet dernier, je n'ai pas réalisé que je perdais un ami fidèle. Accompagné de ses parents, il partait pour Vancouver. Moi, de mon côté, je m'en allais avec mon père aux Îles de la Madeleine pour un mois. Et puis, en août, j'ai fait du camping, de la bicyclette, de la natation, du rouli-roulant et même de la corde à danser. Bref, le temps a passé, l'été aussi. Vite, trop vite, beaucoup trop vite.

Moi, je suis revenue à l'école des *Rayons de soleil*. Mais pas Simon. Là, j'ai vite compris qu'il me manquait. Dans l'affaire du gymnase, Simon aurait pris la part des filles. Lui, il croit à l'égalité entre les garçons et les filles. Il ne cherche pas constamment à prouver qu'il est le meilleur et le plus fort. Et puis, Simon s'occupait toujours de moi. Je crois qu'il m'aimait. C'est difficile de perdre un ami qui nous aime.

J'ai de la peine
et n'ai pas eu de veine
de perdre mon Simon
aussi doux que bon.

Sans mon ami Simon
le temps est bien long
et je tourne en rond
en chuchotant cette chanson.

Olivia, c'est assez pour aujourd'hui. J'en ai déjà trop dit. Maintenant, je dois te fermer à clef. Ce sera toujours ainsi. Un journal intime, c'est un journal intime. Non, rassure-toi, je te fais confiance. Là n'est pas le problème. Depuis toujours, tu sais bien que je t'aime, Olivia. Mais tu comprends, je dois protéger mon intimité. À tout prix.

Les autres, surtout les parents, veulent toujours tout savoir ce qui nous arrive. Il y a des choses que je ne veux dire à personne. Sauf à toi, Olivia, bien sûr. C'est un pacte, ma chère amie. Je te dis tout ce que je vis, tout ce que je pense, tout ce que j'imagine. Toi, en retour, tu me promets la discrétion absolue. Pas un mot, pas même une virgule. Rien. Si tu me trahis, Olivia, je te jette aux poubelles. Sans la moindre hésitation. Suis-je assez précise? Oui? Alors, à bientôt, pour la suite.

Ta confidente privilégiée,

Ani

Le 4 novembre

L'autre jour, j'ai vu mon père pleurer. C'était la première fois que j'assistais à une telle scène. Je l'admets, Olivia, ça m'a fait un choc. Je me suis dit que si mon père pleurait, ce devait être grave. Je ne savais pas trop comment réagir.

De son côté, ma mère pleure souvent. À propos de tout et de rien. À la longue, je me suis habituée à ses subites variations d'humeur. Ça ne m'inquiète plus de l'entendre dramatiser le moindre événement de sa vie. Tandis que mon père, c'est vraiment autre chose. Quand il est soucieux, rien ne paraît. En tout cas, il ne pleure pas

17

pour ça. Habituellement.

Quand il s'est aperçu que je le regardais pleurer, il m'a fait signe de m'approcher. Je suis allée m'asseoir à ses côtés tout en dissimulant mal une certaine gêne. Il s'en est rendu compte et il m'a fait un léger sourire rassurant. Puis, il a commencé à me raconter ce qui se passait en lui.

Ces temps-ci, c'est ce que j'aime de mon père. Il me fait confiance et ne me traite plus en enfant. Souvent il me parle de ses émotions. Il ne doute pas que je puisse le comprendre. Au fond, tu sais, Olivia, mon père, c'est comme un ami pour moi. Tandis que ma mère, c'est ma mère. Des fois, je pense qu'elle ne me voit pas vieillir. Peut-être ne veut-elle pas que je vieillisse. C'est bien possible.

Je ne pourrais pas te dire pourquoi, Olivia, mais mon père pleurait. Les larmes aux yeux, il m'a expliqué que la vie valait la peine qu'on se débatte pour elle. J'étais bien d'accord avec lui tout en me disant qu'il ne fallait pas pleurer pour ça. Mais René débordait d'émotions qu'il ne pouvait plus contenir.

C'est alors qu'il a éclaté en sanglots.

Trop, c'est trop. À ce moment-là, moi aussi, l'émotion commençait à m'envahir. Nerveusement, René m'a alors serrée très fort dans ses bras. Je le sentais trembler comme une feuille. Moi, tu comprends, Olivia, je ne savais pas trop quoi faire, j'étais comme paralysée. Figée, j'attendais la suite.

Il ne m'a pas déçue. Tout d'un coup, il s'est mis à rire aux éclats tout en criant qu'il était heureux d'être bien vivant. J'étais très contente pour lui. Je souhaite que mon père continue à être heureux encore longtemps. Pour toujours, si possible.

Mais pour être franche, Olivia, je ne comprends pas trop le fonctionnement de mes parents. Ma mère pleure quand elle semble malheureuse. Mon père, lui, quand il est heureux, il éclate en sanglots. À mon avis, ils ont des réactions trop différentes devant les événements de la vie. C'est peut-être pour ça qu'ils se sont séparés. Ça ne pouvait pas durer bien longtemps.

À ne pas oublier: mon ami devra être beau, doux et savoir pleurer au bon moment. En tout cas, une chose est sûre:

j'aime cent fois mieux un braillard qu'un macho.

Le 9 novembre

J'ai vu le spectacle de Corée Dusud.
Super tripant.

C'est René qui avait acheté les billets. Il en a même pris un à Myriam qui nous accompagnait au Forum. Elle m'a confié qu'elle me trouvait bien chanceuse d'avoir un père moderne comme le mien. J'étais fière de l'entendre me dire ça. Surtout qu'elle a bien raison. Je ne changerais pas de père, non plus. Mais de mère, n'importe quand.

C'est toujours la même chose: elle exagère et ça m'exaspère. Ces temps-ci, je sais ce qu'elle a sur le coeur. Elle est jalouse de la belle relation que j'ai avec mon père. Elle m'en veut, ça paraît.

Et puis, ça ne va pas comme sur des roulettes avec son ami François Ladiète. Il faut admettre qu'il est bien collant, celui-là. Si Lise l'écoutait, il serait toujours à la maison. D'ailleurs, je me demande ce qu'il trouve de si attirant à ma mère pour désirer être tout le temps avec elle. Je suppose que je comprendrai plus tard, quand j'aurai percé les mystères de l'amour.

En attendant, je comprends une chose: ma mère n'aime pas vraiment François Ladiète. J'ai l'impression qu'elle le fuit. Quand on aime vraiment quelqu'un, on cherche toujours à être avec lui. Rien de plus normal. Mais pas pour Lise, qui fait le contraire. Elle est très compliquée, ma mère. Vraiment, mon père est beaucoup plus simple. Heureusement.

Le 15 novembre

Qu'il est beau!

Beau, fin, doux et intelligent.

Il a une voix mélodieuse, une vraie voix pour chantonner des berceuses. Il se nomme Jacques Dénommé-Personne et il remplace madame Frileuse qui a dû s'absenter pour quelques jours. Quel grand luxe d'avoir un tel suppléant! Il semble s'intéresser beaucoup au système solaire.

Quand il a commencé à nous parler de

la planète Saturne, je l'écoutais passionnément. Tout en suivant son récit, je me suis mise à rêver. Accompagnée de Jacques, je me voyais me balader à bicyclette sur le bel anneau lumineux de cette lointaine Saturne. Un beau voyage.

Il nous a expliqué qu'il y faisait plutôt froid. La température constante se maintient à environ -180° Celsius. Afin d'illustrer son exposé, il avait apporté un contenant dans lequel on avait créé artificiellement une telle température. Ensuite, il nous a demandé si une personne était prête à sacrifier un fruit pour réaliser l'expérience.

Il fallait s'y attendre. La Charlotte Russe, toujours aussi vite sur ses patins, a crié qu'elle avait une banane dans sa case. Aussitôt dit, aussitôt fait. En vitesse, elle a rapporté une vieille banane toute noircie qu'elle a remise à Jacques. Il l'a déposée dans le contenant.

Jacques a alors demandé un volontaire pour venir retirer la banane du contenant réfrigéré. Charlotte est encore partie en peur et s'est dirigée vers le bureau du professeur. Heureusement, Jacques n'a pas voulu. Chacun son tour, tout de mê-

me. C'est Mario Brutal qui a été choisi. Pour aller cueillir le fruit, il fallait enfiler des gants. À cause du froid plutôt inhabituel.

En tout, la banane est demeurée dans le contenant pas plus d'une trentaine de secondes. Quand Mario l'a sortie, Jacques lui a indiqué de la frapper par terre. D'un coup sec, c'est ce qu'il a fait. Dure comme fer, la banane s'est brisée en deux morceaux. Super congelée. À n'en pas douter, c'est froid dans les parages de Saturne.

N'empêche que même si c'est froid, j'irais bien me balader jusqu'au bout du monde avec le beau Jacques Dénommé-Personne. Je ne risquerais sûrement pas de m'ennuyer avec lui. Ni d'avoir froid. Si tu le voyais, ma chère Olivia, tu me comprendrais encore plus.

En attendant, j'espère que madame Frileuse ne guérira pas tout de suite. Prenez votre temps, soignez-vous bien et ne vous inquiétez pas. Nous mettons beaucoup de coeur dans nos devoirs et nos leçons. Je vous le jure, madame Frileuse, nous sommes entre bonnes et belles mains. Je vous l'assure.

Le 18 novembre

J'ai hâte que madame Frileuse nous revienne.

Il commence drôlement à m'énerver, le jeune suppléant qui se pense bien beau. En tout cas, il aurait un urgent besoin de lunettes. Moi, je te le jure, Olivia, je suis toujours attentive. Et malgré ça, aujourd'hui, j'ai été obligée de copier vingt fois le petit poème suivant:

Je suis attentive
à longueur de journée
Je suis attentive
à longueur d'année
Je suis attentive
à longueur de vie
Je suis attentive
et j'en suis ravie.

Il n'est pas drôle. Et très injuste. Au lieu de punir les vrais coupables, tout le monde y passe. Moi qui l'écoutais, c'est une récompense que j'aurais dû recevoir. Pas une punition. Partout, l'injustice, Olivia, je te le redis.

Et puis, je n'accepte pas d'être traitée

comme Mario Brutal, Charlotte Russe ou Myriam Lacasse. J'ai plus de maturité que toute cette bande de bébés.

Je voudrais changer d'école.

Vite! Vite! le secondaire.

Le 5 décembre

Aujourd'hui, ça va plutôt mal.

Mon père commence à me fatiguer avec ses larmes. Les premières fois que je l'ai vu pleurer, je me sentais émue. Mais là, je commence à m'y faire. Depuis quelque temps, Olivia, c'est le monde à l'envers. Ma mère ne pleure presque plus jamais. Mon père a pris la relève: il pleure pour deux. Et je n'exagère pas.

De ce temps-là, il veut absolument que je pleure avec lui afin de libérer les tensions. Je ne me sens pas plus tendue que d'habitude. Mais s'il continue à insister pour me voir verser des larmes, je vais sûrement le devenir. Le vrai problème n'est pas là, je le sais.

Le fond de l'affaire, je le vois bien: mon père ne m'aime plus. À cause d'Élisabeth Principale qui tourne autour de lui depuis quelques semaines. Je la vois faire avec ses minous par-ci, ses trésors par-là et ses diguidihahas. Je ne suis pas naïve. Elle me tape royalement sur les nerfs.

Et puis, la chère Élisabeth s'est mise dans la tête de me trouver tous les défauts du monde. Je réclame trop d'attention, je suis impolie, je ne fais jamais ma part dans le ménage de la maison, je me couche trop tard, je mange mal, j'écoute trop la télévision, je n'étudie pas assez, etc. En bref, je serais une affreuse petite princesse de la monstrueuse race des bébés-gâtés-pourris.

Dans tout ça, ce qui me blesse le plus, c'est l'attitude de mon père. Il croit bêtement tout ce qu'elle dit. Olivia, je ne reconnais plus mon père. Un vrai perroquet, quand il parvient à glisser un mot dans la conversation. C'est simple: il ne fait qu'approuver tout ce qui sort de la bouche de la parfaite Élisabeth Principale.

L'autre soir, il a vraiment dépassé les bornes. Imagine-toi qu'il essayait de me convaincre que son Élisabeth était calme. Tout au contraire, elle est super nerveuse. Elle n'arrête jamais de parler, de bouger, de s'énerver et de m'énerver. Comme le disent si bien les adultes, l'amour rend aveugle. J'en ai un bel exemple devant les yeux. C'est révoltant d'assister à ça. Pauvre papa Croche!

Tout ce que je souhaite, c'est que ça ne dure pas longtemps avec Élisabeth Principale. De toute façon, ma décision est prise. Si leur relation continue, je ne vais plus chez mon père. Dans les conditions présentes, j'aime mieux habiter toujours avec ma mère. Au moins, ma mère, je suis sûre qu'elle m'aime. Maman chérie, moi aussi je t'aime.

Bonne nuit, Olivia.

Le 15 décembre

Cette nuit, j'ai fait un rêve bizarre. Je me dépêche de venir te le raconter, Olivia, pendant qu'il est encore frais dans ma mémoire. Je déjeunerai plus tard. Si je ne l'écris pas tout de suite, j'ai trop peur de l'oublier. Ce serait dommage. Un si beau rêve.

J'étais dans une grande chambre tout entourée de miroirs. Il y en avait partout: sur les murs, sur le plancher et au plafond. Mais bizarrement, ces miroirs ne retournaient aucune image. Étonnée, je me disais: ou bien je suis invisible - ça peut arriver dans un rêve - ou bien les miroirs ont déclenché une grève.

Puis lentement, au centre de chacun d'eux, de petits visages sont apparus. Il y avait mon père, ma mère, Myriam, madame Frileuse, Élisabeth, Jacques Dénommé-Personne et d'autres que j'arrivais mal à identifier. Les bras allongés devant moi, je marchais. À mesure que j'avançais, les miroirs semblaient reculer.

Aucune trace de mon corps. Dans les miroirs, je voyais bien que tout le monde se dirigeait vers moi. Mais à mesure que

les gens avançaient, ils semblaient rape-
tisser. Oui, c'était bien cela: les miroirs
reculaient pendant que les gens avançaient. Vraiment, il n'y avait rien à comprendre. C'était tout le contraire de la
logique. C'est souvent ainsi dans mes
rêves.

Tout à coup, à mon grand étonne-
ment, les miroirs ont volé en éclats. Des
milliers de morceaux multicolores, telles
des étoiles filantes, ont foncé dans le ciel.
J'ai alors assisté au plus beau feu d'artifi-
ce de ma vie. Je te le jure, Olivia, je n'a-
vais encore rien vu d'aussi magnifique.

Dans tout ce brouhaha, une chose m'a
échappé. Un des miroirs, le plus grand,
ne s'était pas pulvérisé comme les autres.
Il était resté intact. Alors, Olivia, ce fut la
merveilleuse surprise.

Au milieu de la seule glace non écla-
tée, j'ai vu le chanteur Corée Dusud tout
souriant s'approcher de moi. Vêtu d'un
bel habit blanc, il portait aussi des verres
fumés. J'imagine que c'était pour se protéger des reflets de tous ces miroirs.

Ai-je besoin de te le dire, Olivia? Tu
l'as vu, toi aussi, à la télévision. Dans un
rêve, il est encore plus beau. Il m'a prise

par la main et m'a invitée à le suivre. Il m'a prêté des lunettes de soleil. C'est gentil d'y avoir pensé. Puis, sans hésiter, nous avons franchi le miroir. Ensemble.

Le beau rêve, Olivia.

En me réveillant, ce matin, je suis aussitôt allée vérifier dans la glace de la salle de bains. Tout était normal: visibilité totale. Mais pas de Corée Dusud. Malheureusement.

Sais-tu, ma chère Olivia, je sens que je vais devenir célèbre. Après tout, il en faut, des gens célèbres.

Alors, pourquoi pas moi?

Le 19 décembre

À Noël, j'aimerais avoir un petit frère pour lui acheter des cadeaux. Pour ça, il faudrait que j'en parle à mes parents.

Je pense que le moment est mal choisi pour aborder un tel sujet avec eux. Ma mère travaille beaucoup trop et elle n'aurait pas le temps de s'occuper d'un bébé. Elle arrive à peine à prendre soin de moi.

Il y a un autre empêchement majeur:

je pense que c'est fini entre ma mère et François Ladiète. Mais avec ces deux-là, il ne faut pas trop s'y fier. Ça arrête souvent mais ça recommence tout le temps.

Du côté de mon père, je souhaite qu'il n'ait pas l'idée folle de me faire un petit demi-frère avec Élisabeth. Ce serait désastreux.

Non, je ne vois pas de petit frère à l'horizon de la prochaine année.

Dans deux jours, Olivia, ce sont les vacances de Noël qui commencent. J'ai bien hâte de me reposer de l'école et d'aller en ski. C'est excitant le temps des Fêtes. Surtout à cause des cadeaux. Tu sais, jusqu'ici, Olivia, tu as été le plus beau cadeau que j'aie reçu dans toute ma vie.

Vive ma petite poupée chérie!

Le 20 janvier

Je te reviens enfin, Olivia.

Tu connais ça, toi aussi, le temps des Fêtes. On est tellement occupé par toutes sortes d'activités. Je n'ai pas beaucoup pensé à toi. Tu me pardonnes? Je te promets de ne plus te laisser aussi longtemps sans nouvelles. Juré, craché.

Cet après-midi, quand je suis arrivée à la maison, j'ai été surprise d'y trouver ma mère. Elle ne revient jamais de son travail si tôt. Étendue dans son lit, elle semblait de mauvaise humeur. Je me suis dit que c'était sûrement le début de ses menstruations. Ces jours-là, elle souffre souvent de maux de ventre persistants. Moi, quand je serai menstruée, je ne sais pas si j'aurai droit aux mêmes douleurs. Souhaitons que non.

Je vais donc la retrouver pour lui faire la bise. Je m'aperçois qu'elle pleure et je cherche à savoir pourquoi. Bêtement, comme elle sait si bien le faire, elle me répond que ce n'est pas de mes affaires. Je la déteste tellement quand elle me traite ainsi.

Comme je décide de quitter brusquement la chambre, elle s'excuse de son impatience. Elle s'est de nouveau disputé avec mon père. À propos de mes horaires de garde. René ne peut pas s'occuper de moi, en fin de semaine, car il a une séance de travail. Ma mère m'explique qu'elle a aussi besoin de sa fin de semaine de congé parental.

J'ai beau les comprendre, c'est quand même difficile à digérer tous leurs conflits d'horaires. J'aime bien le ping-pong, mais c'est trop étourdissant d'être la balle à ce jeu. Il y a sûrement de l'Élisabeth Principale là-dessous. C'est le style de la blonde de mon père de toujours se mêler de ce qui ne la regarde pas.

Grâce à son petit manège, elle s'organise pour passer toute la fin de semaine avec son chéri d'amour. Seule à seul, dans le blanc de leurs quatre yeux. Et pour ça, le petit monstre, le bébé-gâté-pourri, dehors. C'est tout simplement révoltant, Olivia. Je dois réagir. Au plus vite.

Si mon père ne veut pas parler à sa douce et calme petite amie, c'est moi qui vais le faire. En vitesse, je suis sortie de la chambre de ma mère. J'ai téléphoné à mon père mais le répondeur s'est chargé de m'expliquer qu'il était absent. Pas de chance. À son travail, il avait déjà quitté. Autre malchance.

Je suis revenue consoler Lise. Je lui ai dit combien je l'aimais. Plus que tout au monde. J'ai alors senti qu'elle se calmait un peu. Je lui ai expliqué que papa allait y repenser, que tout ça allait s'arranger. En fin de semaine, je lui ai promis d'être bien sage. De faire aussi le ménage de ma chambre, de ne pas trop écouter la télé et de lui cuisiner de bons muffins aux bleuets, qu'elle aime tant.

On s'est endormi ainsi. Ensemble. Collées comme des amoureuses.

Je t'aime, maman.

Le 2 février

Ça allait trop bien.

Depuis deux semaines, ma mère et moi filions le bonheur parfait. Mais il fallait que cette sangsue de François Ladiète revienne dans le décor. Il ne lâchera donc jamais, celui-là?

Pourtant, je ne suis pas si exigeante que ça. Quand ma mère s'occupe de moi comme une vraie mère doit prendre soin de ses enfants, je suis heureuse. Je n'en demande pas plus. Dans la vie, il y a les parents et les enfants. Les parents ont le devoir de s'occuper de leurs enfants.

C'est simple à comprendre. La vie est ainsi faite et bien faite.

Moi, je suis encore jeune et j'ai besoin qu'on m'aime. Quand ma mère passe le peu de temps libre qu'il lui reste avec ce Ladiète de malheur, je manque d'amour. Et ce n'est pas juste. Lise a choisi de me mettre au monde: je dois m'attendre alors à ce qu'elle s'occupe de moi convenablement.

Au fond, Simon est bien chanceux. Ses parents vivent encore ensemble. C'est sûrement plus facile d'être heureuse avec des parents qui s'aiment toujours. Les autres, ceux qui ne s'aiment plus, je ne les comprends pas d'avoir fait des enfants.

En tout cas, moi, quand j'aurai des enfants, ce sera pour les aimer. Et si je me marie, ce ne sera pas pour me séparer.

Le 4 février

Je n'aime plus Corée Dusud.

Hier, j'ai écouté Macho Machine, un groupe rock rempli de beaux gars bardés de chaînes. Une musique super vibrante.

À côté de ça, la musique de Corée Dusud devient bien monotone. On s'en fatigue vite.

Tandis que Macho Machine, vous pouvez en mettre, j'en raffole. Plus j'en ai, plus j'en veux. Ces gars-là ne se font pas prier pour y mettre de l'énergie. Ça bouge, ça vit, ça éclate, c'est pété. Des vrais rockers qui crient leur vie. C'est excitant à voir et à entendre.

Je ferai peut-être une rockeuse. Une rockeuse-comédienne.

Mais ne t'inquiète pas, Olivia. Tu auras toujours des billets gratuits pour venir assister à mes concerts.

Le 5 février

Je me sens seule.

Très seule.

Mais ça va bien. Je suis un peu découragée mais quand même heureuse. J'ai le goût de pleurer. Je pleure.

Pourquoi?

Je ne sais pas. Vraiment pas.

Ce soir, je n'ai aucune vraie raison de pleurer. En écoutant Macho Machine, je rêve de vieillir. Mais j'ai peur.

De qui?

De quoi?

Je ne sais pas. De tout le monde et de personne. Hâte et peur en même temps. Me comprends-tu Olivia?

Que je suis bête! Tu es beaucoup plus petite que moi. Alors tu ne peux sûrement pas comprendre ça.

Je me demande si les beaux grands gars de Macho Machine ont quelquefois le coeur gros?

J'ai le coeur à l'envers
et les mots se bousculent
au centre de l'univers
je ne vois que des bulles.

J'entends les oiseaux
qui chantent la terre
et je vois des bateaux
qui dansent sur les eaux.

J'ai le coeur dans une bulle
au centre de mon univers
et les mots à l'envers
basculent et me bousculent.

Le 20 février

Ces derniers temps, mon père a vécu une chose bien étrange. Quand il est revenu de chez l'acupuncteur, hier soir, il portait de petites aiguilles dans les oreilles. Il semblait surexcité. Tu sais que moi aussi, je vois régulièrement un acupuncteur à cause de mes allergies. Jusqu'ici, ça n'a pas donné grand-chose. Malheureusement.

Ce soir, pendant le souper, René a commencé à me raconter l'histoire de sa dernière fin de semaine. Imagine-toi, Olivia, que mon père a revécu sa naissance. Il s'en souvenait comme si c'était hier. Je le comprenais d'être ému. Ce n'est pas tous les jours qu'on peut vivre une chose aussi exceptionnelle.

Il s'est rappelé l'instant précis où il a quitté le ventre de sa mère. Il a ensuite longé le canal utérin , en route vers la vie. Dans tout son corps, il a même ressenti l'étroitesse du passage dans lequel il s'était engagé. Il a vraiment revécu sa naissance. Quand on a trente-cinq ans, c'est sûrement une expérience fascinante de

redevenir un bébé qui cherche à venir au monde.

Je m'en doutais. Maintenant, j'en suis sûre: mon cher papa a une mémoire d'éléphant. Moi, à dix ans, je ne me souviens déjà plus de tout ça. Pas le moindre détail. C'est tellement beau de l'écouter décrire sa naissance. Mais je me demande comment il fait pour être si sûr de ce qu'il raconte. Moi, je ne pourrais pas. Peut-être parce que je suis encore trop jeune. On verra bien.

Le 24 février

J'aimerais faire un grand voyage avec mon père. En Afrique, parmi les crocodiles, les girafes et les éléphants. Nous pourrions participer à un grand safari. Mais pas pour chasser les animaux, rassure-toi, Olivia. Non, simplement pour les regarder vivre en toute liberté. Tous les deux, mon père et moi, on serait heureux au milieu de cette belle vie sauvage.

Quand je serai un peu plus vieille, on

le fera peut-être. Et quand Élisabeth Principale ne sera plus dans le décor. En attendant ce jour béni, j'exerce ma patience.

Par ma fenêtre, j'observe tous ces oiseaux qui, malgré leurs petits corps frileux, restent avec nous pendant tout le long hiver. Courageusement, ils ne cessent de chantonner leur joie de vivre.

J'aimerais voler.

Voler dans le sens des oiseaux.

Oui, voler
Oui, souvent
Oui, m'envoler
Oui, dans le vent.

Le 2 mars

Constamment, je fais des efforts, mais je n'y arrive pas. Elle me tombe trop sur les nerfs, je n'y peux rien. Toujours, Élisabeth Principale veut prendre toute la place. Si ce n'était que ça, on pourrait s'arranger. Mais voilà, il y a autre chose.

À tout prix, elle veut jouer à être ma mère. J'en ai une mère, c'est largement suffisant. Deux, ce serait vraiment trop. Ça paraît qu'elle n'a jamais eu d'enfant. Je sens que ça lui manque terriblement. Mais j'espère que mon père ne se mettra pas dans la tête de faire un enfant avec

55

Élisabeth. Pour moi, ce serait désastreux.

Depuis bientôt quatre mois, elle est l'amie la plus sérieuse de René. Je crois qu'elle a réussi à éliminer toutes les autres concurrentes. À la voir agir, je ne m'étonne plus de rien. Mais je ne cesse de m'indigner. Tu ne devineras jamais, Olivia, ce qu'elle a fait la semaine dernière?

Sans m'en parler, elle a déplacé presque tous les meubles de l'appartement de mon père. Quand je suis revenue de l'école, cet après-midi-là, c'était déjà fait. Ma chambre est ainsi devenue la salle de télévision, celle de René est maintenant le salon et le salon ma chambre à coucher. Plus tard, mon père m'a expliqué qu'Élisabeth avait besoin de changement. Je comprends ça. Mais qu'elle aille les faire chez elle, ses besoins de changement.

Encore chanceuse de ne pas m'être retrouvée dans la salle de bains. Je suppose que je devrais crier de joie parce que j'ai hérité du salon. Je le sais d'avance, je n'arriverai pas à bien dormir dans le salon. Il y a trop de lumière, trop de bruit, trop de parfums d'Élisabeth. Mais qu'arrive-t-il à mon père?

Le jour où Élisabeth est entrée chez lui, mon pauvre père a enfermé sa personnalité dans le placard.

Je ne sais pas pourquoi.

Mais je trouve ça bien triste.

Le 3 mars

Cette nuit, j'ai mal dormi dans mon salon-chambre-à-coucher. Je suis de plus en plus inquiète. J'ai peur qu'Élisabeth déménage chez mon père. Après tout, elle est en train de refaire le décor. Bientôt, il ne manquera plus qu'elle. Ce serait la catastrophe. Elle prend vraiment trop de place, et il ne m'en reste plus.

Quand ils sont ensemble, ils passent leur temps à s'expliquer. Moi, honnêtement, je trouve qu'ils se disputent. Eux, ils prétendent qu'ils dialoguent, qu'ils essaient de se comprendre. Ils parlent, ils parlent sans arrêt. C'est plutôt Élisabeth qui parle et mon père qui l'écoute. Elle est un vrai moulin à paroles.

Quand mon tour vient de m'exprimer, je deviens terriblement nerveuse. Je veux me montrer intéressante, mais la plupart du temps, je n'arrive qu'à dire des niaiseries. Et elle ne se gêne pas pour me le faire sentir. Dès que je m'interromps quelques secondes, mon tour est fini. Elle reprend rapidement le plancher.

Et vogue la parole!

Élisabeth est professeure de langues à l'université. Elle parle couramment le français, l'anglais, l'espagnol et l'italien. Elle arrive même à lire des romans écrits en allemand. Je dois lui donner ça, elle a le don des langues.

Alors c'est bien normal qu'elle ait la parole facile. Mais ça rend la mienne difficile. Non, vraiment, si elle vient cohabiter avec mon père, c'est bien fini entre René et moi. C'est elle ou moi. Jamais ce ne sera elle et moi.

Papa, je t'implore de réagir avant qu'il ne soit trop tard. C'est ta petite Ani qui te le dit. Ne crois pas le stupide proverbe: la parole est d'argent mais le silence est d'or. Rien n'est plus faux que cette maxime. Le silence, René, c'est une invention de peureux.

La vie appartient aux grandes

gueules. Tu m'as compris, papa? La vie appartient aux grandes gueules. Alors grouille-toi et parle-lui à ta grande gueule d'Élisabeth Principale. Sinon, elle va t'avaler tout rond. En fait, si on continue à la laisser faire, elle va nous avaler tous les deux.

Remarque que je ne suis pas aussi mal prise que toi. Moi, je peux toujours retourner chez ma mère. Mais pas toi, mon petit papa. Suis mon conseil: parle, crie, jappe s'il le faut. Tu sais, si on laisse faire les grandes gueules, elles finissent par nous rendre sourds et muets. À la longue, on se protège comme on peut. S'il te plaît, papa, ne deviens pas sourd et muet.

J'aimerais bien continuer à te parler et que tu m'entendes. Entre nous deux, c'est bien amorcé. Ce serait intéressant que ça puisse se poursuivre. Alors sors ta langue de ta poche et vas-y.

Nous aussi, nous avons des choses à dire à Élisabeth. Si tu commences, ça va m'aider.

Papa, je compte sur toi.

Le 15 mars

À l'école, les filles me trouvent chanceuse. Même que Myriam est jalouse de moi. Je le sais, elle me l'a dit l'autre jour.

Elle trouve que les garçons font toujours attention à moi et jamais à elle. C'est bien vrai qu'ils passent leur temps à m'observer. Je les comprends. J'ai l'air d'avoir plus de dix ans. Je dégage une plus grande maturité que les autres filles de l'école. Après tout, moi, je ne suis plus une enfant. Non, je suis maintenant devenue une jeune femme.

Les petits minables du primaire ne sont d'ailleurs pas les seuls à me reluquer constamment. Partout où je vais, les hommes me regardent. Au restaurant, dans les cafés, dans la rue, dans le métro. Ils le font tellement, Olivia, que ça finit par me lasser.

Je te donne un exemple. Samedi dernier, j'étais dans un restaurant avec Élisabeth. Eh bien, je n'ai pas eu deux secondes de répit. Face à notre table, un homme assez âgé me fixait tout le temps. C'était si évident que j'en étais gênée.

En quittant les lieux, Élisabeth m'a demandé si j'avais remarqué l'homme qui ne cessait de la regarder. Comme d'habitude, je l'ai laissée parler. Je la comprends: elle préférait croire que c'était elle que l'homme fixait à tout bout de champ. Je ne tenais pas à lui enlever ses illusions.

Élisabeth se considère encore jeune et belle. Pour ma part, je la trouve assez belle, mais vieille. Au fond, je sais bien que l'homme me regardait. C'est moi qu'il aimait reluquer. C'est ce qu'il m'importe de savoir. Le reste, ce qu'en pense Élisabeth, je m'en balance.

Avec ma mère, ça se déroule toujours de la même manière. Elle s'imagine que les hommes passent leur temps à la regarder. Pauvre elle! Si elle se voyait agir, elle en rougirait sûrement. Quelquefois, j'ai honte pour elle.

Lise n'est pas laide, loin de là. Elle a même beaucoup de charme. Là n'est pas le problème. Je la trouve ridicule quand elle s'excite au moindre regard qu'un homme jette sur elle. Pourtant, la plupart du temps, elle se raconte des histoires. C'est plutôt moi qui devrais être tout excitée puisque c'est moi que les hommes ne cessent de regarder. Mais je sais rester calme. J'en ai vu et j'en verrai sûrement d'autres. J'apprends à m'y faire. Voyons, maman, prends ça cool.

Et puis, il faut se rendre à l'évidence, ton temps est fait. Tu devrais laisser la place aux plus jeunes. C'est à mon tour, maman, de me laisser parler d'amour.

Je suis Ani
qui court dans le sable chaud
et mon cher ami
chante bien haut
qu'il m'aime
plus que le pays des merveilles
qu'il m'aime
plus que le soleil
qu'il m'aime
plus que lui-même.

Fini Macho Machine!

Hier, en fin d'après-midi, j'étais chez Myriam. On a vu un vidéoclip du groupe La Boîte Magique. Deux gars, deux filles. J'ai eu un véritable coup de foudre.

Vraiment super leur musique.

C'est doux à entendre et ça nous berce les oreilles. Ça fait changement de Macho Machine qui nous les perçait. La Boîte Magique sait faire des tas de choses exceptionnelles. C'est un groupe aussi fascinant à voir qu'à écouter.

Pendant leur chanson, il y a plein de tours de magie. Imagine, Olivia, qu'ils font apparaître puis disparaître la statue de la Liberté à New York. Ce n'est pas une mince affaire. Cette grande dame en bronze, c'est tout un morceau à faire bouger.

Je le sais car je l'ai déjà vue de très près. Toi aussi, d'ailleurs, ma chère Olivia. Tu te souviens, l'année dernière, Lise nous avait emmenées à New York pour une longue fin de semaine. En bateau, nous avions contourné l'immense

statue. Elle est plutôt impressionnante à contempler. Et quel beau nom elle a! Au lieu d'Ani, mes parents auraient dû me nommer Liberté. Liberté Croche, ce serait original.

La Boîte Magique ne s'arrête pas là. Un peu plus loin dans la chanson, pendant que les gars jouent du synthétiseur, les deux filles s'envolent dans l'espace. Au gré de leur fantaisie, elles font naître des étoiles ou des planètes, en font mourir d'autres. Elles arrivent même à changer la trajectoire des météores. Elles sont vraiment les reines de l'espace. C'est d'ailleurs le titre de leur chanson.

Vive la musique enveloppante de la Boîte Magique!

J'aimerais bien acheter leur disque. Dans trois semaines, le groupe sera au Forum. Je ne veux pas manquer ça. Samedi prochain, à midi, les billets commencent à se vendre. À sept heures du matin, j'y serai déjà. Je veux de bons sièges. Juste à y penser, je deviens tout excitée.

Longue vie à la Boîte Magique et bonne nuit à toi, ma douce Olivia.

Le 1ᵉʳ avril

Ce matin, durant la récréation, j'ai
téléphoné à mon père.

Pourquoi?

J'avais une permission bien spéciale à
lui demander. La fin de semaine prochaine, je veux aller seule à Baie-Saint-Paul.
J'ai reçu une invitation pour me balader
sur le dos des baleines bleues au milieu du
fleuve Saint-Laurent. Ça ne se refuse pas,
n'est-ce pas, papa?

Mario Brutal a fait pire.

Il a réussi à accrocher au dos de madame Frileuse le dessin d'un gros poisson
rouge mal découpé. Quand elle se retour-

nait pour écrire au tableau, c'était difficile de ne pas éclater de rire. On ne s'est pas privé de le faire, non plus. Et à coeur joie.

Cet après-midi, j'ai téléphoné à Lise à son travail. Je lui ai annoncé que je venais d'acheter un aquarium avec mon argent de poche. Et que je partais de ce pas à la pêche aux poissons d'avril. Elle a bien ri et m'a rappelé de sortir le poisson du congélateur si je tenais à souper.

À la télévision, ce soir, on présente *Les requins frappent encore*, quarante-deuxième partie. Ce film met en vedette deux superstars: le brutal Bouchée Double et l'abominable Mange Tourond. Mais il n'y a vraiment rien à faire: ces films ne m'effraient pas du tout. Je n'y crois pas.

Moi, ce qui me fait peur, ce sont les vrais films d'horreur. Avec des vampires, des chauves-souris, la pleine lune et une maison inquiétante dans la nuit. Là, il y a de quoi m'effrayer. Et ça réussit souvent.

Pour être franche, j'aime ça avoir peur. J'aime ça frissonner. Pas trop, tout de même. Juste assez. Je ne suis pas du genre à avoir peur de tout. Heureusement. Avoir un tempérament de peureuse, ça ne doit pas être drôle.

Alors, attention à vous autres, Bouchée Double et Mange Tourond! Ne faites pas fâcher Ani Croche. Vous pourriez le regretter amèrement.

Poisson d'avril
tout près du Nil
Frisson d'avril
au coeur d'une île.

Frisson d'avril
jusqu'à Sept- Iles
Poisson d'avril
dans toute la ville.

Le 5 avril

Cet après-midi, Olivia, tu ne devineras jamais où je suis allée. Tu veux que je te donne un indice? Regarde-moi la tête et tu vas tout comprendre. Oui, c'est ça, ce n'était pas très difficile à découvrir.

En effet, Élisabeth, la toujours présente amie de mon père, avait pris un rendez-

vous pour elle et moi chez son coiffeur. C'était la première fois que j'allais me faire couper les cheveux dans un endroit aussi chic. Je me suis dit que ça devait coûter très cher de se faire replacer le chignon dans de tels lieux. Mais ce n'était pas mon problème puisque j'étais l'invitée d'Élisabeth.

À cause des séchoirs, j'étais entourée de dames qui parlaient fort. Pour être franche, je ne les écoutais pas. J'étais trop fascinée par le coiffeur. On peut dire qu'il ne manquait pas de personnalité et d'originalité, celui-là.

C'était un Haïtien qui semblait gentil et qui parlait bien le français. Quelque-fois, j'avais quand même de la difficulté à tout saisir ce qu'il racontait. Il parlait tellement vite. J'ai aussi remarqué qu'il prononçait les r comme des w. Pour être beau, Olivia, je t'assure que c'est beau. Ça adoucit les phrases, tous ces w. Ce n'est cependant pas toujours facile à com-pwendwe. Mais drôlement amusant à entendre. Et à voir.

Ce coiffeur a vraiment un grand ta-lent de comédien. Il rit, il murmure, il s'indigne et surtout, il n'arrête jamais de parler. Même qu'Élisabeth arrive à peine à glisser un mot dans le monologue de Désiré Magloire. Pour arriver à la réduire au silence, je t'assure, Olivia, il en faut de la parlotte. Et ce Désiré n'en manque vraiment pas.

En sortant du salon, après des salutations interminables, Élisabeth m'a emmenée dans un petit café. Là, elle m'a expliqué que la langue maternelle des Haïtiens était le créole. J'en ai conclu qu'il devait y avoir beaucoup de w en langue créole et presque pas de r. C'est probablement là qu'ils prennent l'habitude de mettre des double v partout.

En allemand, c'est le contraire. À les écouter parler, on dirait bien qu'il y a un r à toutes les deux lettres. Ils ont l'air de mordre les mots avant de les sortir. C'est sûrement pour cette raison que les Allemands semblent toujours plus enragés que les Haïtiens quand ils se fâchent.

Je l'admets, Olivia: comme professeure de langues, Élisabeth en sait des choses.

Quand je suis seule avec elle, je la trouve plutôt gentille. Mais dès que nous sommes trois, rien ne va plus. Je sais pourquoi. Au fond, Élisabeth est un grand bébé. Encore plus que moi. Elle a constamment besoin de toute l'attention de mon père. Moi à dix ans, il faudrait que je sois plus raisonnable qu'elle. C'est beaucoup me demander, tu ne trouves pas, Olivia?

Dans nos disputes à trois, je veux bien faire ma part de concessions. D'ailleurs, je la fais déjà largement. Le problème, c'est qu'Élisabeth est tellement orgueilleuse qu'elle veut toujours gagner. Alors, c'est bien difficile de discuter avec elle.

D'autre part, et c'est navrant, je ne peux jamais me fier à mon père. Même quand il se rend compte que j'ai raison, il n'oserait jamais se prononcer en ma faveur. Élisabeth ne le lui pardonnerait pas. D'une certaine façon, je le comprends. Il ne tient pas à jeter de l'huile sur le feu. Mais ça me fait de la peine de le voir agir ainsi.

Sérieusement, Olivia, je me demande pourquoi mon père a quitté ma mère. Depuis ce temps-là, je ne trouve pas que sa situation s'est améliorée. Bien au contraire. Franchement, papa, tu serais mieux avec maman qu'avec Élisabeth. Ça saute aux yeux.

Élisabeth est si possessive et si autoritaire qu'elle en devient invivable. Comme amoureuse, elle n'est sûrement pas de tout repos. Lise devait te laisser plus libre. Malgré tous ses défauts, maman reste agréable à vivre. Et cent fois moins bébé qu'Élisabeth.

Le 9 avril

Dans deux mois, j'aurai onze ans.

J'ai bien hâte. Mais ce que je souhaite encore plus, c'est de me retrouver au secondaire. Des fois, Olivia, j'ai l'impression de passer mes journées dans une garderie. C'est un peu normal que j'aie cette sensation.

Moi, je commence à me maquiller. La plupart du temps, les jeunes du primaire, il faudrait encore les changer de couches. S'ils s'aperçoivent que je me maquille, ils vont rire de moi. Ils ne comprennent pas grand-chose à la vie, tous ces bébés.

Tandis qu'à la polyvalente, je me fais regarder. Je le sais, j'y vais souvent. Le midi, j'aime aller manger à la cafétéria.

C'est seulement à cinq minutes de mon école. J'y trouve de l'ambiance, de la bonne musique, de beaux garçons, des hot-dogs et des frites. Tout ce qu'il me faut pour être heureuse.

Bien sûr, les gars ne se gênent pas pour me regarder. C'est flatteur. Ça me fait du bien de côtoyer des garçons qui ont plus de maturité que moi. Ça fait changement des grossières remarques de Mario Brutal ou de la timidité maladive de Simon Moine. Non, vraiment, la cinquième année, ce n'est plus pour moi.

Je n'y peux rien. Je suis plus avancée que les jeunes de mon âge. Il est donc normal que je veuille m'entourer d'amies plus âgées. Myriam me répète très souvent que j'ai plus de maturité qu'elle. Au fond, je devrais devenir l'amie de sa soeur Stéphanie qui est en secondaire trois. Ce serait plus logique ainsi.

Ici, à la polyvalente, il y a de la variété. Pas de place pour l'uniformité et la monotonie du primaire. Les vêtements sont originaux, certaines couleurs de cheveux étonnent. Tous les styles se voisinent librement. J'aime bien les regarder vivre. Je les envie de pouvoir faire tout ce qu'ils veulent.

Moi aussi, bientôt, très bientôt, ce sera mon tour.

Vivement la polyvalente, Olivia, que je respire la vie et que je transpire de liberté!

Le 14 avril

Ça y est, Olivia. Je suis amoureuse.

Oui, oui, ne ris pas. Amoureuse d'un beau garçon nommé Jonathan. À la cafétéria de la polyvalente, il passe son temps à me regarder en souriant. Tu comprends que j'étais gênée. J'ai pensé à lui tout l'après-midi pendant que madame Frileuse nous racontait la légende indienne de la naissance du soleil. Il est beau comme un coeur.

J'ai bien hâte qu'il m'adresse la parole. Je suis trop timide pour faire les premiers pas. Et puis, il n'est jamais seul. Il est toujours accompagné de sa bande d'amis. J'ai trop peur de sa réaction pour aller lui parler. Je ne veux pas tout gâcher en précipitant les choses. Un amour

naissant est sûrement aussi fragile qu'un bébé.

Non, vraiment, j'aime mieux qu'il fasse les premiers pas.

Mais qu'attend-il?

Grouille-toi, beau Jonathan. Je m'endors en pensant à toi et à ta belle crinière blonde.

Le 15 avril

À midi, deux filles étaient assises à la table de Jonathan et de ses amis. Elles étaient super maquillées. C'était vraiment trop, elles en étaient ridicules. La présence de ces filles n'a cependant pas empêché Jonathan de me regarder souvent et de me sourire.

Je te le dis, Olivia, c'était criant de les voir se trémousser. Pour attirer l'attention, elles étaient prêtes à tout. Je ne peux pas croire que les garçons aiment ça. En tout cas, je suis sûre que Jonathan n'appréciait pas. Trop c'est trop.

À plusieurs reprises, il m'a regardé avec un sourire complice. Il me faisait ainsi comprendre qu'il préférait mon allure simple à la tenue extravagante de ces deux filles trop maquillées. Si ma mère les voyait, elle en ferait une syncope. Elle qui a horreur du maquillage, elle aurait de quoi s'indigner pour un siècle.

Je t'aime, Jonathan.

De plus en plus.

Parle-moi. Au plus vite, au plus vite. Dis-le-moi que toi aussi, tu m'aimes. Je n'attends que ça.

Mais toi, qu'attends-tu?

Le 22 avril

Les deux punkettes commencent à m'énerver sérieusement. Pas un seul midi, depuis une semaine, où elles ne collent pas aux talons de Jonathan et de ses copains. Elles s'imposent et ça dérange les garçons. Ça se voit qu'ils ne s'intéressent pas à la présence des deux filles. N'empêche que, pendant ce temps-là, elles prennent bien de la place.

Mais toi, Jonathan, qu'attends-tu pour m'inviter à ta table?

Tu dois te rendre compte que je brûle d'impatience d'y aller. Un seul petit signal et j'accours. Il n'ose peut-être pas à cause de Myriam. Elle a l'air si jeune. S'il m'invite à les rejoindre, il va se sentir obligé de l'inviter, elle aussi. Je crois que Myriam me nuit et que je devrais aller manger seule à la polyvalente.

Oui, demain, j'irai seule. C'est normal que j'agisse ainsi. Myriam n'a pas encore la maturité des grandes amours. Moi, si. Elle n'a pas encore commencé à se maquiller. Après tout, j'ai presque onze ans et j'en parais quatorze.

Bonne nuit, Jonathan.

Fais de beaux rêves spatiaux. Tu sais, ce que je souhaite le plus au monde, c'est de devenir ta princesse de l'espace. Le temps d'un dîner, d'une soirée, de toute la vie peut-être.

À demain, mon beau.

Le 23 avril

Sans Myriam, à la polyvalente, ça n'a rien donné de plus.

Si Jonathan ne se décide pas à me parler, je vais lui écrire. Oui, c'est ce que je vais faire. Je lui écris un mot et le lui glisse demain midi. Merveilleuse idée, tu ne trouves pas, Olivia?

Mais que vais-je lui écrire? C'est bien délicat.

Cher Jonathan,
Oui, je connais ton nom. Ça te surprend?
J'aimerais ça sortir avec toi...

Mais non, pas comme ça. C'est beaucoup trop direct comme approche. Il va penser que je suis folle de lui. Ce serait désastreux s'il allait s'imaginer que je suis amoureuse. Je l'aime, je ne nie pas ça. Mais il n'a pas à l'apprendre.

Une lettre mais anonyme serait peut-être une idée intéressante. Ce ne serait pas bête de briser la glace sans trop m'aventurer. Essayons voir.

Cher étudiant,

Je te trouve bien beau et bien char-
mant. Moi aussi j'aime les groupes rock.
Si ton coeur est libre, le mien l'est entiè-
rement. Je voudrais sortir avec toi.
Depuis quelque temps, je t'observe à la
cafétéria et je t'aime beaucoup. Es-tu
intéressé? Moi, oui.

D'une étudiante qui te veut du bien

Comme lettre, ça va. À la condition
qu'elle soit anonyme. Ça fait du bien de
signer *étudiante* au lieu d'*élève*. Mais mon
problème reste entier. En effet, comment
faire parvenir une lettre anonyme à
quelqu'un dont on ne connaît même pas
l'adresse? Et encore moins le nom de
famille? Et s'il est intéressé, comment
fera-t-il pour entrer en contact avec moi?

Imagine, Olivia: je suis amoureuse
d'un prénom.

C'est super excitant, tu ne trouves
pas?

Là, ma chère Ani, si tu veux qu'il se passe quelque chose, il va falloir que tu fonces. Encore aujourd'hui, rien. Il y a même une des deux punkettes qui devient de plus en plus collante avec Jonathan. Je le vois bien tenter de s'éloigner d'elle mais ce ne semble pas facile.

Alors, demain, droit au but.

J'entre à la cafétéria et je n'hésite pas une seule seconde. Je me dirige vers la table de Jonathan et me jette dans ses bras. Devant tout le monde, je lui crie mon amour. Comme dans les beaux grands films. Une telle déclaration pourrait sûrement faire de l'effet.

Non, je ne lui ferais pas un tel coup de salope. Pauvre Jonathan, ses copains riraient de lui pendant toute la durée de son cours secondaire. Je ne tiens pas à le perdre avant même de lui avoir parlé. Ce serait impardonnable d'être aussi maladroite.

Et puis, j'aurais l'air d'une vraie folle. J'ai beau me trouver pleine de maturité, je redoute la réaction des étudiants du secondaire. Ils doivent se dire que je suis un bébélala de l'école primaire. Je n'ai pas le goût de me le faire lancer en plein visage.

Non, les grands éclats, c'est plus le style des deux punkettes. Je leur laisse le champ libre. Si elles sentent le besoin d'en mettre plein la vue aux garçons pour les séduire, qu'elles le fassent. Moi, je m'en fous.

J'agirai plus simplement. Juste un bout de papier à Jonathan sur lequel je vais inscrire mon numéro de téléphone. Simple et efficace. S'il est intéressé, il saura alors où me rejoindre. C'est une bonne idée.

Demain midi, je le fais. On verra bien.

Souhaite-moi bonne chance, Olivia. Et bon courage. Je sens qu'il va m'en falloir des tonnes.

Un peu de musique avant de m'endormir. Ça va peut-être réussir à me calmer un peu. Je me sens tellement énervée. Je vais mettre *Les Reines de l'espace.* ma chanson préférée de la Boîte Magique. C'est doux. Pour ce soir, c'est exactement ça qu'il me faut.

Olivia, que c'est épuisant d'être amoureuse!

Salaud de Jonathan!

Je ne retourne plus jamais à la poly-valente. Je vais demander à Lise qu'on déménage. Je ne veux pas faire mon secondaire à cet endroit infect.

Vers midi, je suis arrivée à la cafété-ria. Comme d'habitude, je suis allée cher-cher des frites. Ensuite, je me suis assise, attendant nerveusement l'arrivée de ce cher Jonathan. J'avais les mains moites et mes genoux commençaient à trembler sous la table. Un peu plus et je me mettais à claquer des dents.

Apparais, Jonathan, que j'accomplisse au plus tôt ma mission. Si j'y pense trop, je vais reculer: la poubelle, alors, pour le bout de papier où j'ai griffonné mon numéro de téléphone. Si près du but, ce serait absurde.

Pendant que je me morfondais ainsi, le cher Jonathan se détendait avec une des punkettes. Jamais je n'aurais pensé ça de lui. Il semblait si peu intéressé à elle et tant à moi.

Tous les deux enlacés, ils avaient l'air de grands amoureux. Ils n'arrêtaient pas

de se minoucher. Le grand amour, quoi! Et moi, là-dedans? Jonathan ne remarquait même pas ma présence. Je n'existais plus. Balayée, exclue.

D'ailleurs, avais-je déjà existé pour lui?

Maintenant, j'en doute.

J'aurais pu faire un scandale, lui sauter à la face ou lui mordre une joue. J'aurais pu lui défigurer son beau visage angélique et hypocrite. Maudit visage à deux faces! J'ai su me contrôler. Malgré tout.

J'ai préféré quitter les lieux, la rage au coeur. Mais en passant à côté de lui, je n'ai pu m'empêcher de lui faire une grimace. Et qu'il se considère chanceux de s'en tirer à si bon compte!

Olivia, console-moi.

Je croyais que l'amour
était simple comme bonjour
et que celui qu'on aimait
lui aussi nous aimait.

Voilà que je crie mon malheur
devant l'étoile polaire
et je pleure ma misère
durant de trop longues heures.

Fini le beau Jonathan
que j'aime déjà tant
À tous les garçons à jamais
je crie que je vous hais.

Le 1er mai

C'est vrai, Olivia, que je ne veux plus rien savoir des garçons. Ce sont tous des égoïstes et des hypocrites. Je comprends ma mère de vouloir vivre seule. Moi aussi, quand j'aurai ma maison, je l'habiterai seule. Bien sûr, Olivia, seule avec toi.

Je n'aime plus les garçons, à part Sébastien, le frère de Charlotte. Il est tout le contraire de sa soeur. Heureusement. Il a quatorze ans et il s'intéresse à moi. Ça paraît. À l'école, il vient chercher Charlotte et l'emmène manger. Moi, je sais que c'est pour me voir qu'il fait ça.

Il a l'air gentil. Moi, j'hésite. Pour

être franche, Maxime me tourne autour et Thomas voudrait sortir avec moi. Je suis sûre que même Jonathan va me revenir. Il finira bien par comprendre que je suis une fille plus extraordinaire que sa punkette.

À mon anniversaire, je les inviterai tous.

On verra bien.

Bonne nuit, Olivia.

Achevé d'imprimer
sur les presses des Ateliers des Sourds Montréal (1978) inc.